Dominante Kamergenoot

Overheersing en erotische onderwerping

Erika Sanders

Dominante Kamergenoot

Erika Sanders

Serie
Overheersing en erotische onderwerping

Korte inhoud

Vicky en Joyce zijn twee kamergenoten op de universiteit.

Vicky is mager en zwak van huidskleur en Joyce is breed en sterk.

Op een dag kijkt Joyce naar een schandalig programma op de televisie terwijl Vicky probeert te studeren.

Vicky eist dat Joyce het volume op de televisie verlaagt, maar als ze haar negeert, probeert ze de afstandsbediening te pakken te krijgen.

Hierdoor ontstaat er een gevecht om de afstandsbediening dat eindigt in een soort vrij gevecht tussen de twee.

Joyce overwint Vicky in de strijd door haar te onderwerpen en ...

Dominante Kamergenoot is een roman met een sterk erotisch BDSM-gehalte en, op zijn beurt, een nieuwe roman die behoort tot de Erotic Domination-collectie, een serie romans met een hoog romantisch en erotisch BDSM-gehalte.

(Alle personages zijn 18 jaar of ouder)

Opmerking over de auteur:

Erika Sanders is een bekende internationale schrijfster, vertaald in meer dan twintig talen, die haar meest erotische geschriften, ver van haar gebruikelijke proza, ondertekent met haar meisjesnaam.

Inhoudsopgave

DOMINANTE KAMERGENOOT
(EROTIC DOMINATION)
ERIKA SANDERS

HOOFDSTUK 1

'Kun je dat alsjeblieft uitzetten?', Zei Vicky. 'Ik probeer hier te studeren.'

Ongeveer de twintigste keer vandaag vroeg het meisje, een eerstejaarsstudent, zich af wat voor soort algoritme voor het zoeken naar kamergenoten de universiteit gebruikte.

Immers, iedereen met een half brein zou kunnen beseffen dat het koste wat kost moet worden vermeden om een student uit een branche die gespecialiseerd is in sociaal werk samen te voegen met een student uit een branche die gespecialiseerd is in informatica.

Een paar eenvoudige keuzevragen zouden in een geval als dit kunnen werken, om dit te vermijden.

¿ Een richting? Wie kan met die onzin op de achtergrond studeren, op vol volume?

Erger nog, wie kan zijn gezond verstand en IQ behouden door naar jongens te kijken die duidelijk zo dom zijn?

'Nee, het begint goed te worden,' zei Joyce, terwijl ze het volume nog hoger zette.

'Heel grappig,' zei Vicky. 'Leg het nu neer, alsjeblieft.'

'Ik kan je niet horen,' schreeuwde Joyce. "Wat zei je?"

"Down it." Een deel van haar wilde lachen, maar een deel van haar was net zo woedend.

'Spreek wat harder,' schreeuwde Joyce. 'Ik kan je niet horen op televisie.'

"Ik zei: breng het naar beneden,"

En plotseling, en Vicky wist niet precies hoe, omdat ze nog nooit zoiets had gedaan, stond ze op van haar stoel en naast haar kamergenoot, terwijl ze nutteloos probeerde de afstandsbediening uit de stevige greep van het meisje te rukken.

Vicky was een licht meisje, een typische lezer, heel mager en bleek.

De enige sport die hij had geprobeerd, was langlaufen, maar dat was alleen maar om zijn universitaire aanvraag af te ronden.

Dus toen het touwtrekken met afstandsbediening plaats had gemaakt voor een worstelwedstrijd, had hij het gevoel dat zijn opleiding in de fysieke kunsten ernstig tekort was geschoten.

Omdat vechten met Joyce hetzelfde was als tegen een spin vechten.

Het leek alsof er overal een hand of een been was waar Vicky heen wilde.

Zijn vernedering werd nog erger omdat zijn kamergenoot alleen maar lachte om zijn pogingen om de afstandsbediening af te nemen en bleef lachen toen hij het opgaf en genoegen nam met het gewoon loslaten.

'Ik heb niet zoveel plezier gehad sinds ik van huis ging,' lachte Joyce. "Mijn jongere broers en ik keken naar de UFC en dan probeerden we met elkaar bewegingen uit."

En toen had hij het gevoel dat iemand zijn arm van zijn schouder probeerde te trekken.

Vicky had nooit geweten dat zoiets mogelijk was.

"Auw ... Auw ..." en toen bleef hij enkele woorden zeggen die diep in zijn achterhoofd zaten, zelfs woorden die hij nooit had kunnen gebruiken.

"Stop p...".

Lachend zei Joyce:

'Ik liet mijn broers altijd klagen bij mijn tante omdat een meisje ze had geslagen.'

Het leek alsof zijn gewricht op het punt stond los te raken.

Vicky had niet eens tijd om na te denken.

"Alsjeblieft ... oh ... tante ... tante!"

'Dat wordt een armstang genoemd,' zei Joyce, terwijl ze haar kamergenote vrijliet. "Als je er eenmaal in verstrikt bent geraakt, is er echt geen andere uitweg dan je te onderwerpen."

HOOFDSTUK 2

Hij pakte de afstandsbediening, bekeek hem even en gooide hem toen op het bed.

'Je hebt ervoor gezorgd dat de batterijen eruit zijn gevallen. Zoek ze en leg ze terug.'

Dat was niet erg prettig.

Niet als Vicky's schouder zo erg pijn deed.

Hij vroeg zich af of hij blijvende schade had opgelopen.

Maar hij vermoedde dat het er op een gegeven moment voor zorgde dat de batterijen eruit vielen.

Hij slikte een beetje van verontwaardiging en begon te zoeken naar de twee AAA-batterijen, vond ze en stopte ze weer in de afstandsbediening.

Eindelijk kon hij weer aan zijn taak beginnen, dit had te veel van zijn kostbare tijd verspild.

'En maak mijn bed op,' zei Joyce. 'Al dat vechten heeft het verpest.'

Ze ging te ver.

Allereerst was Vicky het slachtoffer van de worstelwedstrijd, niet de winnaar.

Het belangrijkste was dat het bed het grootste deel van de week een puinhoop was geweest.

'Ik ben je dienstmeisje niet,' zei Vicky, en ze liep terug naar haar bureau.

Alleen heeft ze het nooit gehaald.

Ze had nog maar twee stappen gezet voordat Joyce weer op haar lag en sloeg als een cobra.

Joyce had op een excuus gewacht om de strijd voort te zetten.

Ze bleef tegen haar kamergenoot vechten.

Ze had vaak met haar broers gevochten.

Ze was ouder, maar het waren jongens, fysiek superieur, maar toch was Joyce slimmer en een beetje meedogenlozer.

Het was leuk.

Het was een uitdaging en Joyce won meer dan ze verloor.

Aan de andere kant was dit voor Joyce geen uitdaging.

Hier was een uitgemaakte zaak.

Vicky was niet alleen een zwakke vrouw, maar het meisje had geen idee hoe ze zichzelf moest verdedigen.

Vechten tegen de kleine nerd zou niet zo leuk moeten zijn.

Het zou saai moeten zijn.

Maar het was allesbehalve saai.

Het was...

.. spannend.

HOOFDSTUK 3

Joyce's tepels waren verhard tot kogels.

Zijn zijkanten waren warm en bezweet.

In werkelijkheid was het een beetje opwindend geweest om met zijn broers te vechten toen hij af en toe druk van een erectie kon voelen, wetende hoezeer het hen in verlegenheid bracht.

En een beetje tintelingen elke keer dat ze gingen rouwen om hun tante.

Maar dit, oh ja, dit was tien keer beter dan dat.

Joyce worstelde met haar kamergenoot.

Zijn geslacht op het meisje drukken.

Ik ben ermee bezig.

'Tante,' hijgde Vicky ademloos.

Ze was zo moe dat het onmogelijk was om zichzelf te verdedigen.

Hij had het gevoel dat hij niet kon ademen.

'Je kunt je niet zomaar onderwerpen. Ik heb je niet eens een sleutel gegeven.' Zeide Joyce terwijl ze haar been beetpakte, haar benen om het meisje heen sloeg, haar enkel beetpakte en haar een draai gaf.

Slim.

"Tante!" Schreeuwde Vicky.

'Dat heet een enkelslot,' zei Joyce terwijl ze de druk wegnam, maar niet losliet. 'Ga je nu mijn bed opmaken?'

"Ja ..." klaagde Vicky.

Joyce drukte nog een keer wat harder op de enkel van het meisje.

'En jij maakt de vloer schoon en doet mijn kleren weg.'

"Ummmm ... oké." Vicky hapte naar adem.

'Dit is leuk,' riep Joyce uit, terwijl ze het meisje weer vastgreep. 'Ik vraag me af wat ik je nog meer kan laten doen.'

     ERIKA SANDERS

'Ik zei dat ik de vloer zou schoonmaken!' Vicky protesteerde tevergeefs.

Het gevecht ging door.

Het was een heel eenzijdige aangelegenheid.

De arme Vicky was uitgeput, maar ze deed een dappere poging om aan de klauwen van haar kamergenote te ontsnappen, ook al had ze het vechten al sinds haar jeugd volledig opgegeven.

'Je bent zo zwak,' vervolgde Joyce met haar opmerkingen terwijl ze de ene beweging probeerde en daarna de andere.

Hij nam niet eens de moeite met inleidingen, hij probeerde gewoon te zien in welke functie hij zijn kamergenoot kon plaatsen.

Een nieuwe beweging.

De hitte dook weer op in zijn lichaam toen hij naar Vicky's kont keek.

Haar nachthemd was opgetild en door de houding waarin ze zich bevond, was haar slipje in de gleuf van haar kont geklemd.

Joyce kon zelfs een beetje van het krappe gaatje van het meisje zien vanwege de wig die was veroorzaakt.

De arme Vicky voelde de koele bries op haar kont, maar ze kon er niets aan doen, maar haar rug recht proberen te houden.

Ze kon er nog minder aan doen toen haar partner haar paardenstaart naar achteren trok.

Ze kromde haar rug en werd gedwongen nog verder op haar benen terug te vallen.

Als hij niet zoveel pijn had gehad, zou de vernedering van zijn positie veel acuter zijn geweest, hoewel het op zichzelf al afschuwelijk was.

'Tante,' hijgde Vicky. "Tante-tante-tante."

'Je probeert jezelf niet eens te verdedigen,' zei Joyce. 'Ik begin me af te vragen of je het leuk vindt om mishandeld te worden.'

'Ik wil niet met je vechten.' Vicky klaagde. "Wat ... wat ben je aan het doen?"

Wat was Joyce aan het doen?

Vicky probeerde om te rollen, maar Joyce plantte zichzelf op de boog van haar rug.

In haar verzwakte toestand kon Vicky het andere meisje op geen enkele manier negeren.

En het ergste? Het ergste?

Arme Vicky voelde dat haar vingers de band van haar slipje vastgrepen en haar naar beneden trokken.

'Laat dat maar staan,' vroeg Vicky.

Maar nu was het slipje buiten bereik.

Het enige wat hij kon doen, was proberen zijn benen te spreiden om te voorkomen dat hij ze helemaal uitdeed.

Maar zulke zwakke pogingen zouden het sterkere meisje niet afschrikken.

Nee, even verplaatste Joyce haar gewicht naar Vicky's dijen en trok toen het meisje abrupt uit haar slipje.

'Geef ze me terug,' zei Vicky. En toen voegde hij er met trillende stem aan toe. "Ik meen het."

'Ga je nu op zijn minst een beetje moeite doen?' Joyce vroeg.

Zijn neusgaten gingen wijd open.

God, ze was zo heet.

En als ze naar de zachte billen van de achterkant van haar kamergenoot keek, werd ze nog heter.

'Zal ik iets anders van je aannemen?'

"Volg niet!" Riep Vicky uit.

O, ze had haar best gedaan om het te zeggen.

Er was iets buitengewoon gênants aan de situatie en ze wilde dat gevoel voor Joyce verbergen.

Maar al snel had hij andere dingen om over na te denken.

Een pak slaag.

HOOFDSTUK 4

Nog een pak slaag.

Shit hoe het jeukte.

De gretigheid van zijn kamergenoot.

Trek haar slipje uit en geef haar een pak slaag!

Oh, hij zou het meisje laten betalen ... op de een of andere manier.

Op de een of andere manier.

Slaan.

Slaan.

Maar eerst moest Vicky loslaten.

"Laat me zien wat je hebt." Zei Joyce, en toen sloeg ze hem nog eens vier.

Ze zag haar handafdrukken in rood omlijnd op het gebroken witte vlees van haar kamergenoot.

Verdomme, ze was heet, heel heet.

'Kom op. Vecht tegen me. Zwak.'

"Agghhh!" Vicky schreeuwde uitdagend, haar woede verdreef haar luiheid.

Ze kreunde als een gevangen dier.

Ze schopte.

Ze trok aan het haar van de ander.

Ze wurmde zich naar buiten.

Ze kronkelde.

Ze vocht.

Ze bleef echter verliezen.

Niet alleen de worstelwedstrijd, maar ook haar nachtjapon.

Ze was nu helemaal naakt.

Haar gezicht was rood van de inspanning en omdat ze zo hard tegen de tegelvloer werd gedrukt.

Ze was nog maar twee keer bijna ontsnapt aan Joyce's greep.

Maar elke poging leek meer van haar lichaam bloot te leggen en haar nog meer te vermoeien nu de adrenalinestoot weg was.

'Kom op, Vicky, ga door. Blijf daar niet gewoon staan.' Joyce spoorde het uitgestrekte meisje aan en gaf nog een paar wimpers.

De pak slaag die ze hem nu gaf, was niet langer hard.

Maar ze waren behoorlijk gevarieerd.

Hij mikte voorzichtig en zorgde ervoor dat elke centimeter van de witachtige huid van Vicky's kont, die voorheen perfect was geweest, diep rood werd.

En net zo belangrijk was dat Joyce haar geslachtslippen stevig tegen de zwelling van de kont van haar kamergenoot liet drukken, zodat het gevecht direct werd overgedragen op haar vurige seks.

Hij hoopte dat Vicky zijn sappen niet kon ruiken.

Het aroma was al erg sterk.

Maar aan de andere kant had de arme Vicky al lang geleden opgegeven dat haar kamergenoot de toestand van haar zeer natte seks niet ontdekte.

Ze druppelde.

Ze voelde dat de lucht haar afkoelde.

Er was nooit gevochten en gegeseld.

Maar ze was opgewonden.

Hij had nog een laatste keer geworsteld, maar de laatste keer probeerde hij Joyce te misleiden.

Dat zei ze tenminste tegen zichzelf.

Hun worstelingen gingen echter niet over op Joyce.

De worstelingen zorgden er alleen voor dat haar dijen zich verspreidden, dus haar hete seks gleed nu tegen de koude vloer.

God.

Ze liet een slakachtige voetafdruk op de grond achter.

Het voelde ... God voelde zich goddelijk.

Ze had nooit gedacht dat dit kon gebeuren.

"Ugh" Met een grom begon Vicky met haar heupen te pompen.

God, hij kon niet geloven dat hij dit deed.

'God Vicky,' zei Joyce. 'Je bent doorweekt.'

Vicky's wangen brandden van vernedering.

Zijn geheime schaamte was ontdekt.

Erger nog ... mijn god. Vicky voelde een vinger haar natte seks doordringen.

Na zo'n onderzoek waren er geen geheimen meer voor hem.

"Vind je het leuk om geslagen te worden? Is dat hoe je het doet met je vriendje?" Grapte Joyce. 'Is dat Vicky? Vind je het opwinden van een pak slaag?'

'Nee,' loog Vicky.

Maar ze wilde niet proberen te voorkomen dat haar partner haar vingers bewoog om haar te tasten.

Ze voelden zich te goed.

Het was te goed

'Ik denk het wel,' zei Joyce. "Je kut zei ja, toch?"

"Nee ..." kreunde Vicky.

God, het meisje maakte haar gek.

'Ik denk dat je dit allemaal echt leuk vindt,' zei Joyce. "Dat zoeken we uit."

Oh God. En nu dat? Dacht Vicky toen ze voelde dat Joyce op mysterieuze wijze haar gewicht bovenop haar verschoof voordat ze abrupt weer omviel.

Op dat moment ontdekte hij wat Joyce had uitgespookt.

Ze had haar slipje uitgetrokken.

Vicky kon de blote billen van haar kamergenote zien toen het meisje schrijlings op haar boven op haar borst ging zitten en haar schenen in Vicky's polsen tegen de grond drukten.

Joyce likte haar lippen terwijl ze naar het totaal naakte, weerloze lichaam van haar nerdy kamergenote staarde.

'Ik denk dat dit een grondig onderzoek nodig heeft.'

'Genoeg,' hijgde Vicky.

Hij had geen idee wat een grondig onderzoek inhield, maar hij wilde er geen deel van uitmaken.

Toch had Joyce precies dat in gedachten.

Een grondig onderzoek van haar kutje.

Vicky's gezwollen roze lippen gingen uit elkaar.

"Nat en mollig." Zei Joyce. 'En kijk eens naar deze klit. Ze smeekt praktisch om een streling.'

"Nee dat is het niet". Protesteerde Vicky met een piepende, trillende stem.

Haar dijen sloten zich kort in verzet.

'Ik denk het wel,' Joyce streelde Vicky's natte kloof.

Laat je vinger op en neer langs haar roze uitsnijding glijden.

Vicky hapte naar adem en haar dijen gingen weer uit elkaar, met het lieve knoopje tussen haar dijen.

Joyce glimlachte en hield haar aanraking vast, terwijl ze af en toe Vicky's clit streelde.

Het meisje aan het werk houden totdat ze koorts had.

Vicky besefte plotseling dat hij haar zou dwingen om te komen.

Een meisje zou haar laten komen.

Hij had altijd verhalen gehoord over meisjes die experimenteerden op de universiteit, maar hij had nooit gedacht dat hij een van die meisjes zou zijn.

Maar de hitte in haar buik overtuigde haar van het tegendeel.

Maar toen werden die zachte, lieve vingers uit elkaar getrokken, waardoor ze op de rand van een orgasme dreef.

Hij had haar heel zachtjes gestreeld en haar toen buiten het bereik van het orgasme gedreven.

Vicky's hoofd was nog steeds een warboel.

Het was één ding om gedwongen te worden terwijl je onder een ander meisje werd vastgepind, armen vastgeklemd en niet in staat om te bewegen, maar iets heel anders. ... til haar slanke heupen op, op zoek naar die zoete aanraking.

Dat betekent dat ze meedeed.

En voordat ze had kunnen proberen haar kamergenoot aan te klagen voor de vrijheden die ze had genomen.

Nu was ze ... tilde haar heupen op, zocht Joyce's aanraking ... steeds hoger ... daar ... ahhh ... precies daar.

Dat is het, hield Joyce zichzelf voor terwijl ze Vicky's heupen spande, zodat ze zo goed mogelijk begonnen te duwen en pompen in zo'n ongemakkelijke positie.

Kom naar me toe.

Je zult nog veel verder moeten gaan voordat ik klaar met je ben.

HOOFDSTUK 5

'Ik zei toch dat je haar leuk vond,' grapte Joyce, terwijl ze lichtjes in Vicky's gezwollen klit kneep. 'Het is zo, is het niet?'

Arme Vicky's kanten begonnen pijn te doen van nood.

Ze tilde haar heupen op tot haar buik trilde, maar die was niet hoog genoeg om haar in contact te brengen met Joyce's vingers.

Hij kon niets anders doen dan de waarheid toegeven.

"Ja." Vicky kreunde bijna buiten adem.

Klap-klap-klap.

Joyce sloeg op Vicky's seks en spetterde daarbij al haar nectar.

Vicky's heupen schoten omhoog.

Het gevoel was niet pijnlijk, maar wel schokkend.

Erger nog, hij had zijn orgasme nagestreefd.

Het viel tegen, maar hij had het toch leuk gevonden.

Het gevoel van nood dat ze had ervaren en haar hulpeloosheid had haar diep bang gemaakt.

Hij was bang ... o God, wat deed dat vreselijke meisje hem nu aan?

Hij wreef haar weer.

En wrijven zoals ze het lekker vond.

Nu spreidde ze haar dijen weer uit eigen vrije wil.

Haar seks van binnen gespannen maken.

Krampen door zijn lies laten dansen.

Haar hart sneller laten kloppen.

Op dat moment besefte Vicky dat ze het strakke, smalle gaatje van haar kamergenote kon zien en dat haar spleetje tegen haar borst gedrukt werd.

Hij voelde haar nattigheid langs zijn borst druipen.

Hij kon de zoete muskus van haar geslacht ruiken.

Als ze haar handen zou kunnen bevrijden, zou ze bereid zijn Joyce te strelen, in de hoop dat het meisje haar niet meer lastig zou vallen en haar misschien helemaal tevreden zou stellen.

Maar Joyce had haar eigen ideeën.

Ze was zich er terdege van bewust dat Vicky hulpeloos was onder haar, en ze was zich evenzeer bewust van het effect dat haar spelletjes op haar hadden.

Hij was zich er terdege van bewust dat ze langzaam haar kont steeds dichter naar het gezicht van haar kamergenoot bewoog.

Vicky had altijd cijfers gehaald die dicht bij de hoogste van haar klas lagen.

Ze was slim en slim.

Ze beschouwde zichzelf als een diepe denker, maar voor het eerst had ze het moeilijk om na te denken.

Warmte stroomde door haar buik en haar seks deed pijn van behoefte.

Joyce's kont was precies daar voor haar.

Slechts een centimeter van haar lippen.

Vicky bereikte haar gewenste lippen.

Joyce's neusgaten gingen open toen ze die eerste voorzichtige kusjes voelde.

O ja.

Het voelde goed, hoewel ze wat meer stimulatie wilde.

En hij zou haar hebben voordat alles was gezegd en gedaan.

"Vind je mijn poesje leuk?" Vroeg Joyce, terwijl ze voorover leunde en haar adem blies op Vicky's opgewonden seks.

'Ja', fluisterde Vicky, terwijl ze haar benen spreidde, verlangend dat Joyce haar zou likken ... daar beneden.

'Lik me', beval Joyce. "Lik mijn poesje."

Vicky voelde de adem van elk woord in haar kutje.

Joyce was zo dichtbij.

Zo dicht bij haar likken en haar laten klaarkomen.

Ik was er zeker van dat andere meisjes waarschijnlijk zo hebben geëxperimenteerd.

Dat maakte haar niet homo.

Hij wist niet eens of hij ervan zou genieten.

Zijn tong gleed uit en hij deed een voorzichtige zoektocht.

En zo erg was het niet.

Ze deed het opnieuw, deze keer een beetje vastberadener.

'Oh ja, dat is goddelijk,' zei Joyce hees. "Lik mijn poesje. Sneller. Oh ja ... zo, ga zo door."

Lik mij ook, wilde Vicky zeggen.

Maar haar mond was nu op een andere manier bezet en Joyce zat weer overeind, dus Vicky had nu letterlijk haar mond vol met poesjes en haar neus was ... ze wilde niet eens nadenken over waar haar neus was.

'Stout meisje,' spinde Joyce. "Speel jij ook met mijn anus? Hmm ... het voelt goed. Wil je dat ik met de jouwe speel?"

'Uffff...' protesteerde Vicky.

Niet.

Nee, ze wilde niet eens haar neus waar hij was, laat staan aangeraakt worden ... daarachter.

Maar tegen die tijd werd een met sap doordrenkte vinger abrupt langs haar sluitspier geduwd.

Het was vreemd om iets in dat gat te hebben, maar nog vreemder was dat iets duwend te hebben, terwijl de richting altijd naar buiten was geweest.

Ze wilde daar niet worden binnengevallen, ze dacht tenminste niet dat ze het wilde.

Ze voelde zich daardoor nog hulpelozer.

Oh God ... zo hulpeloos worstelen om te ademen, te likken en geneukt te worden met nu twee vingers in haar kont.

Ze had niet zo mogen worden behandeld.

En dit mocht zeker niet zo verdomd heet zijn als de situatie was.

Ze zou het poesje van een meisje niet moeten likken.

Laat staan een meisje dat zo gemeen tegen haar was geweest.

"Daar ... daar ... daar ... oh mijn ... oh mijn ..." kreunde Joyce, haar heupen berijdend op het hulpeloze meisje dat onder haar opgesloten zat.

Reikend naar de tepels van het meisje, grijp ze tussen duim en wijsvinger en trek ze omhoog.

Het gekwelde protest voelen van het meisje dat in haar kutje stikt.

Ik hou van de lenige tong die nu sneller versnelde dan menselijk mogelijk was.

Met alleen een B-cup, was Vicky niet erg begaafd als het op borsten aankwam, maar wat ze miste aan omtrek, compenseerde ze in gevoeligheid.

En haar tepels zo gestrekt hebben, deed pijn!

Hoewel de ervaring ook stralen van plezier rechtstreeks naar haar geslacht schoot.

Maar dit alles was te veel.

Te veel.

Ze likte Joyce voor alles wat ze voelde, in de hoop haar climax snel te beëindigen, samen met de kwelling op haar tepels.

"Oh ja, ja, oh ja. Dat, yeahiii." Joyce kreunde.

Haar bewegingen veranderden van intensiteit in een lome beweging toen haar orgasme een hoogtepunt bereikte en begon af te nemen.

Met haar heupen die zich voordeden als een soort kurkentrekker terwijl ze de neus van haar kamergenote gebruikte om haar anus te plezieren.

HOOFDSTUK 6

'Nu is het jouw beurt,' zei Joyce. 'Wil je dat ik je laat komen?'

"Ja." Vicky gaf toe.

Hij wilde niet alleen komen, maar hij verdiende het ook na alles wat hij door toedoen van dit meisje had doorstaan.

'Mmmm ...' snorde Joyce terwijl ze haar vingertoppen over het slanke lichaam van het meisje strekte.

Langzaam op weg naar Vicky's supernatte seks.

"Wat een vies, ondeugend poesje heb je," zei Joyce, terwijl ze naar iets keek in een klein open make-uptasje naast Vicky's bed.

Hij pakte het op en drukte op de aan / uit-knop.

Hij voelde de trillingen tot aan zijn vingers.

'Ik denk dat hij van binnen goed moet worden schoongemaakt.'

Vicky had geen idee waar het meisje het over had.

Hij hoorde een bekend gezoem, maar kon het geluid niet vinden.

"Oh!" Vicky hapte naar adem toen ze de eerste elektrische aanraking voelde, met draaiende heupen om aan het overweldigende gevoel te ontsnappen.

Maar hij besefte al snel wat hij voelde en besefte ook hoe goed het voelde.

Shit.

Oh verdomme.

Het was zijn tandenborstel.

Joyce moet het uit haar toilettas hebben gehaald.

Jezus ... ze had geen reserve.

Ik zou moeten ... oh, Jezus.

Ze zou komen.

Ze was zo verdomd moeilijk.

En met een onvrijwillige reactie op de stimulatie, kneep Vicky haar lippen samen en kuste wat er voor haar lag en wat de gespierde kont van haar kamergenote bleek te zijn.

"Oh schat, dat voelt zo goed." Joyce spinde. "Heb je ooit iemand dit poesje laten neuken? Ik bedoel, echt neuken?"

"Mmmmmmm" kreunde Vicky en spreidde haar benen zo wijd als ze kon.

'Laten we langzamer gaan, schat,' zei Joyce. "We hebben de hele nacht."

Joyce gebruikte de tandenborstel op Vicky's tepels en liet hem vervolgens op en neer in haar spleetje glijden.

Maar niet genoeg om het meisje over de rand te sturen.

Ze glimlachte boosaardig.

Ze begon hier goed in te worden.

Vicky kreunde.

Haar heupen pompten en verwelkomden de hoogfrequente trillingen, telkens wanneer Joyce het nodig achtte om het naar beneden te schuiven waar het haar het meeste goed deed.

O mijn God.

Ze zou komen.

Ze zou heel hard komen.

En op dat moment trok Joyce haar tandenborstel terug en klopte Vicky's opgewonden seks.

"Oh God ..." hijgde Vicky, haar heupen stekend en stervend door het contact.

Zelfs voor deze stekende klopjes die haar wegduwden van de climax.

Ze probeerde haar beknelde armen los te maken.

Ze probeerde een gevoel te vinden om haar tot het uiterste te drijven.

Arme Vicky wist niet wat ze moest doen.

Hoewel zijn lichaam enkele ideeën had.

Hij kuste de gespierde kont opnieuw voor haar gezicht.

Hij kuste hem en kuste hem nog een paar keer.

"Mmmm ..." zei Joyce, terwijl ze langzaam een hand naar Vicky's gezwollen geslacht liet glijden.

De andere hand op haar billen leggen, ze strekken.

Vicky zag het gerimpelde, verboden gaatje van haar kamergenoot wijd open staan.

Niet.

Hij had alleen de billen van het meisje gekust omdat ze niets anders kon kussen.

Ze was echter niet van plan dat te kussen.

Niet een beetje.

Toch kon Vicky voelen hoe dicht de trillende tandenborstel bij haar pijnlijke seks was.

Heel, heel dichtbij.

Vicky nam een snelle beslissing.

Ze zou Joyce nog een keer likken als dat het meisje ertoe zou brengen haar climax te bereiken.

Alleen dat ze het juiste gat zou likken.

Vicky boog haar nek in een gecompliceerde hoek en probeerde met haar tong toegang te krijgen tot Joyce's seks.

Oh nee nee! 'Dacht Joyce.

Hij speelde met Vicky's tepel met de tandenborstel en gebruikte zijn andere hand om met de andere tepel te spelen, cirkelde en af en toe eraan, soms wreed.

Vervolgens schakelde hij de behandeling over op de andere borst, voordat hij eindelijk de vibrerende tandenborstel dicht bij Vicky's geslacht schoof.

Ze begon zachtjes met haar hoofd op de gezwollen klit van haar kamergenoot te tikken.

God, ik kom eraan, was Vicky's enige gedachte.

Hij kon niet geloven wat er met hem gebeurde.

Ze kon niet geloven dat ze op het punt stond ... ze tuitte haar lippen en kuste hem.

Hij kuste de strakke, gerimpelde anus die Joyce hem liet zien.

Oh God. Oh God.

Ik kan niet geloven dat dit gebeurt, dacht Joyce bij zichzelf.

Ze genoot van het moment, maar wilde meer.

Ze begon de tandenborstel weer op en neer te laten glijden door Vicky's natte spleetje.

Het meisje naar de rand brengen.

Kijken naar haar heupen die uitglijden en pompen.

Haar seks aanbieden, nu doorweekt, voor stimulatie.

"Stoute meid." Fluisterde Joyce.

En hij sloeg die samengeknepen lippen met de palm van zijn hand.

Slaat hard genoeg om te steken en dus is er geen twijfel in Vicky's hoofd wie de leiding had.

HOOFDSTUK 7

Alsof Vicky op dit punt twijfels had.

Het enige waar ze aan kon denken, was de pijnlijke behoefte diep in haar die stimulatie nodig had.

Dat was wat ze nodig had, om een soort opwinding te vinden voor haar wanhopige vrijlating.

Hij dacht niet meer na over de schaamte of over wat hij verkeerd deed.

Zijn enige gedachten waren daar gecentreerd, tussen haar dijen, en dat de gewaarwordingen die hij daar ontving verband hielden met wat hij aan het doen was met zijn lippen en tong.

Omdat Vicky die verboden opening al lang bezet had met lichte voorzichtige kusjes.

Nu likte ze.

Ze kuste serieus.

Ze tastte met haar tong.

Haar zo goed mogelijk naar binnen drijven.

'Dat is erg smerig,' zei Joyce kirrend. 'En ik dacht dat je gewoon goed was in verkleedpartijen, terwijl je eigenlijk een kleine perverseling was. Denk je dat ik je moet laten vluchten? Ben jij mijn kleine perverseling?'

"Mmmmmmm ... ja ..." mompelde Vicky, haar mond stevig op de strakke kont van haar kamergenote.

'Haal dan dat vieze poesje van je om hier te komen waar ik het kan bereiken,' zei Joyce. 'En je kunt maar beter opschieten voordat deze batterijen leeg zijn.'

Arme Vicky kromde haar bekken meer om haar kamergenote beter toegang te geven.

Hij ontdekte echter dat het zoemen van de tandenborstel nog te ver weg was.

Verleidelijk, maar buiten bereik.

Vicky kromde haar bekken nog meer.

Hij voelde de elektrische aanraking even.

Oh God.

Het was nog steeds niet genoeg.

Hij tilde zijn voeten op en tilde toen zijn knieën op.

Haar heupen raakten de grond niet meer.

Dit zou zeker genoeg zijn.

Het was gewoon niet genoeg.

'Alsjeblieft ...' mompelde Vicky.

'Wil je het niet?', Grapte Joyce. "Kom het maar halen."

Oh hoe ze het wilde.

Vicky ging op haar tenen staan en duwde haar bekken nog een laatste keer naar voren.

Haar kuiten en dijen trilden.

Ze kon deze positie niet lang volhouden.

Hij bad dat het lang genoeg was.

Joyce raakte met de borstel haar gezwollen klitje en lippen aan en telde 'Uno' in haar hoofd.

Toen vertrok hij en telde 'Twee. Drie ".

Dan weer voor een 'One'.

Dan terug voor nog twee.

Omhoog en omlaag.

Aan en uit.

Aan en uit.

Joyce stak haar hand op en trok Vicky op haar kont.

Verdomme, die tong was goddelijk met een hoofdletter D.

Hij zou kunnen wennen aan dit soort verwennerij.

"Ik zal het niet veel langer zo volhouden ... Ik zal het niet lang volhouden ... Ik kan niet ... Ik kan niet ..." herhaalde Vicky in gedachten.

Zijn spieren brandden.

Zijn dij had kramp.

Ze wilde dolgraag haar been strekken en hoopte dat de pijnlijke knoop zou verminderen, maar ze was bang om de sensaties van de tandenborstel weer kwijt te raken.

Het was moeilijk om te ademen, gevangen onder de gespierde billen van haar kamergenote.

Hij bleef in positie en negeerde zijn protestantse ledematen en gewrichtsbanden, terwijl hij nog steeds zo veel mogelijk aan zijn anus likte.

De heerlijke sensatie begon diep in haar buik.

Oh verdomme.

De opgehoopte warmte.

Toen leek alles eruit te stromen ... als een enorme vloedgolf.

Klaarkomen.

Oh God, ze was aan het klaarkomen.

Nooit eerder had ze een climax van zo'n omvang gevoeld.

Zelfs Joyce was jaloers op de reactie van haar kamergenoot.

De trillende benen, de doordringende seks, het luide gekreun onder haar kont, de straal sap van het meisje dat op de tegelvloer morst.

Oh ja, het was een geweldige climax.

Joyce was er zeker van dat zo'n orgasme niet genoeg zou zijn voor haar kamergenoot.

HOOFDSTUK 8

En het was niet genoeg.

Zeker, Vicky hield zichzelf voor dat ze zich nooit meer zo zou gedragen.

Maar de volgende dag kon Vicky niet anders dan nadenken over wat er met haar kamergenoot was gebeurd.

Misbruikt worden.

Slaan.

Om zo wreed te worden bespot.

Toen de tijd om naar haar slaapkamer terug te keren naderde, werd ze steeds angstiger.

Zou Joyce haar iets aandoen als ze terugkwam?

Wilde ze dat Joyce iets met haar deed?

Vicky kon zweten.

Hij voelde haar slipje nat worden.

God ... wat als Joyce dit besefte?

Ik neem aan dat Vicky meer zou willen.

Met trillende vingers stak Vicky de sleutel in het slot van haar slaapkamerdeur en maakte hem van het slot.

Joyce zat daar aan haar bureau ... ze erkende haar aanwezigheid niet eens.

Misschien was al die ongerustheid voor niets geweest.

De stilte werd ongemakkelijk.

"Hallo ..." flapte Vicky eruit en vervloekte haar aarzelende toespraak.

'Oh hoi Vicky,' zei Joyce, terwijl ze haar stoel omdraaide om haar aan te kijken.

Vicky's blik schoot als een magneet tussen de dijen van haar kamergenoot.

Het meisje droeg een kort rokje en geen slipje.

Haar gekrulde spleetje zat daar en staarde haar brutaal aan.

Schaamde het meisje zich niet?

'Ik dacht aan je,' zei Joyce terwijl ze opstond en naar haar kamergenote liep die midden in de deur bevroren was.

"Jij was?" Antwoordde Vicky.

Zijn wangen brandden felrood.

Wat voor reactie was dat?

Ze kon niet helder denken.

'Ik dacht dat mijn kut zich zo eenzaam voelde,' zei Joyce, terwijl ze een lok van Vicky's haar ronddraaide.

Zijn greep verplaatste zich naar Vicky's nek.

"Hij is verdrietig en moet opvrolijken."

De symboliek van de hand om haar nek was duidelijk en Vicky's hart ging tekeer toen ze zag hoe haar kamergenote haar rok opklom en aan het werk ging.

Hij begon opgewonden te raken toen ze haar natte vingers verwijderde en ze naar Vicky's lippen bracht.

Hij zou dit niet moeten doen, hield Vicky zichzelf voor, zelfs toen haar lippen van elkaar gingen en de aangeboden vinger uit het zure omhulsel zoog.

'Je hebt te veel kleren aan,' zei Joyce terwijl ze haar kamergenote uitdeed en het meisje slechts een paar sokken aanhield.

Ik denk dat dit het is, dacht Vicky bij zichzelf.

Nu is het wanneer we de liefde bedrijven.

'Ik dacht dat we vandaag een ander spel konden spelen,' zei Joyce terwijl ze de sjaal om haar nek verwijderde en hem om Vicky's hoofd bond, waardoor er een geïmproviseerd verband van werd.

'Je hebt gisteren goed mijn poesje gelikt,' zei Joyce, terwijl ze Vicky naar haar bureau leidde. 'Maar vandaag ga ik je laten zien wat ik echt leuk vind.'

Met een scheve glimlach stak Joyce zijn hand uit en draaide de stang op de jaloezieën.

Door haar hoek kon het meisje nu de slaapkamer voor haar zien en iedereen die uit het raam keek, kon ze zien.

Neusgaten flakkerden, hij schoof dichter naar de muur.

Ze was er zeker van dat niemand iets boven haar middel kon zien.

Maar arme Vicky.

Vicky was direct in zicht.

'Het begint met mijn voeten,' zei Joyce, terwijl ze een voet naar Vicky's lippen bracht.

Lachend, maar ze trok haar voet terug bij de kietelende aanraking van haar lippen en de hete adem van haar kamergenote.

"Dat kietelt."

En vanaf die dag was alles les.

Vicky leerde zijn voeten zuigen.

Om elkaar te likken.

Kus kuiten en knieën.

Hak tussen de gestrekte dijen.

Adem je hete adem in op Joyce's seks.

Kus de lippen ... daar beneden.

Lik de groef.

Werk aan de clit van je kamergenoot om een climax te bereiken met je tong.

Borstel voorzichtig met je tong over de clitoris.

Aai met je vrije handen over de harde tepels.

Streel het allemaal.

Haar tong sneller bewerken toen Joyce op het punt stond te komen en langzamer gaan doen toen het meisje uit haar orgasme kwam.

Vicky hoorde Joyce weer bewegen en vroeg zich af of het haar beurt was om de liefde te bedrijven.

Maar Joyce had andere plannen.

'Kom dichterbij,' zei Joyce, nu met haar gezicht naar het bureau en voorovergebogen. "Ik heb een verrassing voor jou".

Vicky boog zich naar haar toe terwijl haar wenkbrauw fronste van bezorgdheid.

Wat voor verrassing had Joyce voor haar in gedachten?

Toen hij dichterbij kwam, was er geen twijfel over wat Joyce hem aanbood door zich om te draaien en voorover te buigen.

Haar mooie strakke kont.

Op dat moment draaide Joyce zich om en greep Vicky's paardenstaart en kneep hem stevig vast.

"Lik maar," gromde Joyce terwijl hij Vicky's hoofd tegen haar kruis bracht.

Het was een bevel.

Met een huivering slaakte Vicky een zachte miauw van wanhoop.

Dit leek niet helemaal eerlijk, aangezien ze de avond ervoor juist op deze plek had gelikt.

Maar als ze niet meer zo opgewonden was, zou ze zeker hebben geweigerd.

Maar nu was er wat leek op een uur verstreken waardoor Joyce kwam en dat was ze nog steeds niet.

Ze wilde de boel niet verknoeien voordat het haar beurt was.

Zijn tong gleed van tussen haar lippen en haar anus en hij begon te likken.

"Mmmmmmm ..." kreunde Joyce terwijl ze haar clit met haar vingers streelde en genoot van de sensaties van haar billen. "Brave meid."

'Je bent een smerig kreng,' hijgde Joyce. "Je weet wel?"

Met haar mond anders bezet, kreunde Vicky als antwoord.

Joyce wreef zich sneller, haar romp rustte op het bureau omdat haar linkerarm haar gewicht niet kon dragen.

Oh verdomme!

En het volgende orgasme scheurde als een lopend vuurtje door haar heen.

"Sta op en wacht hier", zei Joyce toen ze eenmaal van haar orgasme was afgekomen.

Ze haalde Vicky's tandenborstel uit haar toilettas.

Een kleine zucht ontsnapte aan Vicky's lippen toen ze het bekende gezoem zo dicht bij haar oor hoorde.

Joyce speelde met haar kamergenoot en liet haar trillende hoofd over Vicky's erogene zones glijden.

Vicky's lichaam schudde elke keer dat ze voelde dat het zoemende hoofd haar seks raakte ...

De sensatie was te intens, vooral omdat hij nog steeds de blinddoek droeg en zich niet op het contact kon voorbereiden.

Maar bij elke aanraking trilde zijn lichaam steeds minder naarmate hij acclimatiseerde.

'Heb je vanmorgen geborsteld?' Plaagde Joyce terwijl ze met de kop van de tandenborstel Vicky's mond aanraakte.

'Ja ...' slaagde Vicky erin en ze draaide haar hoofd om te voorkomen dat de met seks doordrenkte borstel in haar mond kwam.

"Kom op," drong Joyce aan, afwisselend Vicky's poesje plagen en proberen de borstel door de goed gesloten mond van het meisje te halen.

De opwinding van de kracht verwarmde haar weer.

'Kom op. Je weet dat je het wilt. Mondhygiëne is erg belangrijk ... ik weet ook waar je mond is geweest. Je mond moet goed worden schoongemaakt.'

'Nee,' hijgde Vicky, haar lippen stijf op elkaar gedrukt.

Hij had het opgegeven om zijn hoofd te draaien en nu zoemde de borstel tussen zijn lippen en trilde tegen zijn tanden.

Hij rook de muskusachtige geur van haar seks op de borstel.

Ze kon dit niet doen.

Ze ... haar tanden gingen uit elkaar.

Ik proefde hun sappen gemengd met munt.

'Maak hem helemaal open.' Zei Joyce.

Vicky deed haar mond open.

God, het was zo vernederend.

Ze voelde zich zo hulpeloos toen haar kamergenote met de borstel over haar tanden en tong streek.

Joyce liet de borstel weer zakken en werkte het uit op het geslacht van haar kamergenoot.

Waardoor het meisje weer razend wordt.

'Ga weer op je knieën,' beval Joyce.

Met haar wangen die boos rood werden, had Vicky zich nog nooit zo ingetogen gevoeld als toen ze neerknielde en haar kamergenote haar bleef borstelen en plagen.

"Ik ga het in dat poesje van je steken", grapte Joyce. "Nee, draai je om deze keer. Op z'n hondjes, je houdt vast van neuken, magere teef."

Vicky bloosde nog meer toen ze zich omdraaide en probeerde met haar kont op de vibrerende borstel te gaan staan om hem haar klitje te laten aanraken.

Hij was echter te hoog en sloeg haar echt op haar kont.

En Joyce werkte niet mee.

"Je wilt het, kom het maar halen," lachte Joyce. "Kom op. Hoger ... hoger ..."

Arme Vicky werd gedwongen op handen en knieën op te staan ...

Hij stond bijna overeind, maar nu rustte zijn bovenlichaam met zijn handen op de grond.

Het was niet comfortabel ... niet lang.

Maar ze zou zich niet lang ongemakkelijk hoeven te voelen sinds de borstel haar bijna een climax had gebracht.

Gewoon een klein beetje aanraken met haar clitoris en het zou afgaan als een raket.

'Weer de mond,' zei Joyce, toen ze de trilling langs de ruggengraat van haar kamergenoot ontdekte.

'Alsjeblieft ...' kreunde Vicky, terwijl ze het bevel negeerde en zichzelf steeds harder op haar tenen duwde.

Hij was te dichtbij om het nu niet meer te proberen.

"Ik zei mond," Joyce's stem kreeg een harde toon toen ze het penseel verwijderde.

Met een teleurgestelde kreun rolde Vicky zich om en knielde snel.

De tandenborstel hield niet op met rinkelen, maar in plaats van deze keer haar tanden te poetsen, liet hij haar de sappen van de tandenborstelkop zuigen.

'Pervers kreng,' zei Joyce. "Je wordt hier goed in. Draai je nu weer om en probeer klaar te komen."

Vicky hoefde niet twee keer te worden verteld.

Hij draaide zich om en zocht opnieuw contact met de borstel.

Ze was nog steeds geblinddoekt, dus ze wist niet dat Joyce elke keer dat ze dichterbij kwam de borstel wegduwde.

Haar ervoor laten werken.

Overkapping van de rug.

Heupen kijken.

Benen trillen.

Tot hij eindelijk contact maakte.

"Oh fuck ..." kreunde Vicky.

Ik dacht er niet meer over na hoe gênant het leek.

Ze was als een dier.

Zijn lichaam wilde loskomen ... hij had het nodig.

"Fuck ... fuck ... oh mijn ... oh mijn ..." schreeuwde Vicky op een hoge, ademloze toon.

Sneller en sneller kreunde ze.

Hete melk morste over haar benen.

HOOFDSTUK 9

Eerst dacht Joyce dat haar kamergenoot boos was geworden, maar toen besefte ze dat ze was aangekomen.

Wauw kom op.

Joyce glimlachte en draaide de bar zodat de jaloezieën dicht gingen.

'Je kunt de blinddoek nu afnemen,' zei ze tegen de uitgestrekte gestalte van haar kamergenoot, die uitgeput op de tegelvloer lag en zich bijna wentelde in haar eigen overvloedige sappen.

Vicky deed de blinddoek af, maar had niet de energie om van de vloer op te staan.

Hij betwijfelde of hij het ooit zou kunnen doen.

Maar minder dan een minuut later werd ze koud en schaamde ze zich voor de vertoning die ze aan het maken was terwijl ze naakt op de koude tegelvloer lag.

Als ze dat maar wist, hadden ze in de slaapkamer buiten het raam veel meer gezien dan dat.

De meesten hadden zich vol walging afgewend.

Sommigen namen foto's om later te bekijken.

Maar enkelen hadden tot het einde toe gekeken.

Hij had de lichten en al haar gretige clits uitgedaan.

Met het beeld van het meisje in hun gedachten.

Bepaald dat als de gelegenheid zich voordeed, ze ook met die kont en poesje zouden willen spelen.

Een van die meisjes vroeg haar kamergenoot:

'Ze komt me bekend voor. Heb je haar in een van je lessen gezien?'

'Nee, maar ik heb het wel gezien als ik langs de computerklas loop,' zei de ander. 'Ze is een soort computernerd.'

"Welke dag en hoe laat?"

"Morgen om drie uur 's middags"

'Ik wed dat als we haar ergens heen brengen, ze zal doen wat we willen.'

'En ik wil veel leuke dingen met haar doen.' Zei hij terwijl hij de sappen van zijn vingers zoog.

"Ik ook." Zei de ander terwijl hij aan zijn vinger zoog.

'Het kan luidruchtig worden.'

'Laten we haar dan maar naar onze slaapkamer brengen.'

'Denk je dat ze zal komen?'

Het andere meisje pakte een elektrische tandenborstel en zette hem aan.

Zijn ogen gloeiden in het donker.

"Oh, ik heb het gevoel dat hij dat zal doen als ik hem dit laat zien. Ik heb ook wat foto's gemaakt en ik wed dat hij niet wil dat ze verspreid worden over de campus."

EINDE

49

VOOR DE GELEGENHEID GEKLEED
ERIKA SANDERS

51

De stilte van de nacht omringde hen, kneep hen samen met hun sereniteit en probeerde hun angst te kalmeren.

Maar dat kalmeerde haar niet.

Ongebreidelde gevoelens, die ze niet gewend was en nog nooit eerder had meegemaakt, schoten door haar lichaam en maakten haar nerveus.

Haar hakken klikten zachtjes over het geplaveide pad terwijl ze naar de lucht keek.

Waarom ga je daar vanavond heen?

Waarom kleedde ze zich zo?

Ze voelde de kracht die zijn blik op haar had.

Ze zuchtte en liet haar geest stoppen met denken aan de gebeurtenissen die vanavond zouden kunnen gebeuren.

* * *

Het voelde alsof iedereen naar haar keek toen ze het pand binnenkwam.

Haar schoenen met hoge hakken klikten tegen de houten vloer terwijl ze over de dansvloer schreed en de bar naderde.

De rok van haar rood-zwarte outfit zwaaide bij elke stap heen en weer, de rode streep stroomde langs haar knie terwijl de zwarte een paar centimeter erboven rustte.

De blouse hing losjes om haar schouders, over haar borsten, sprong net genoeg open om bij elke stap de aandacht te trekken en toonde een royale hoeveelheid huid.

En zonder bh.

Ze wist hoe ze eruit zag in die outfit.

Het zag eruit als een teef.

Ze had de look afgemaakt met een zwarte kanten kraag om haar nek en een vleugje rode lippenstift.

Hij zat tussen een man en een vrouw en glimlachte naar de ober.

"Hallo James"

'Samy. Wat leuk je weer te zien.' Hij liet zijn ogen langzaam over haar gezicht en borsten glijden. 'Heel goed. En voor wie is de gelegenheid?'

Ze schudde haar hoofd en glimlachte, waardoor een krul over haar oor viel.

"Er is geen reden. Ik wilde me gewoon zo kleden."

Hij reikte over de bar en stopte de krul achter haar oor.

Zijn vingers raakten haar wang aan en ze vergat bijna te ademen.

'Je zou je vaker zo moeten kleden.'

"Misschien zal ik."

'Ik vertrek rond elf uur 's avonds van mijn werk. Wil je later dansen?'

Ze knikte langzaam en kon haar blik niet van de zijne afhouden.

Met heel langzame precisie leunde hij over de bar en bracht zijn lippen dichter bij de hare, waardoor de kus zo diep werd dat ze meer wilde voordat hij zich terugtrok.

'Ongeveer twintig minuten.'

****

Die twintig minuten waren nog nooit zo lang geweest in Samy's leven.

Ze keek de hele tijd naar alles om haar heen en merkte elke beweging op die hij maakte zonder zelfs maar naar hem te kijken.

Het was alsof haar zintuigen overeenkwamen met haar lichaam, maar ze kromp nog steeds ineen toen hij de achterkant van haar schouder aanraakte.

Hij had de kraag van zijn zwarte overhemd losgeknoopt, glimlachte naar haar en stak zijn hand uit.

'Ik denk dat je me een dansje schuldig bent.'

Toen ze haar hand in de zijne legde, was het alsof er een kleine ontlading van elektriciteit door haar lichaam ging.

Hij glimlachte toen hij haar naar een hoek van de dansvloer leidde en trok haar toen tegen zijn lichaam aan terwijl het lied veranderde.

Het was langzaam en verleidelijk, en zijn hartslag leek overeen te komen met haar hart toen ze hem tegenaan drukte.

En toen was ze zich opeens bewust van de harde contouren die om zijn zachte lichaam krulden.

Ze sloeg haar armen om hem heen en kneep met haar handen in de zachte rondingen van haar rug terwijl ze heen en weer wiegden.

Hij leunde naar voren en drukte zijn lippen op de hare, scheidde ze zachtjes en verleidde haar met zijn tong.

Zijn hand gleed naar beneden over haar rug, rustte op haar heup, diep genoeg om een wang te strelen terwijl hij haar onderlichaam tegen het zijne trok.

Ze hapte naar adem toen hij heel hard tegen haar aan drukte en ze zou zweren dat ze hem hoorde kreunen.

Maar net als hij riep de andere ober hem en hij zuchtte en boog zijn hoofd achterover.

'Samy... ik ben zo terug. Ik zweer dat ik het zal doen. Ik kan nergens heen.'

Ze knikte stom terwijl ze de dansvloer afliep naar een afgelegen hut.

Hij zag James terugkeren naar de bar, weer over hem heen leunen en met Joseph praten.

Joseph was de vervangende barman voor de nacht.

Hij nam het altijd over als James met pensioen ging.

Toen hij een lange, langbenige blondine bij zich zag komen, realiseerde hij zich iets.

Ze was niet zo'n meisje.

Hij had geen idee wat hij aan het doen was.

James was het type man dat altijd een meisje beschikbaar had, elke lange, blonde, super sexy meid.

En ze was klein, brunette en Latina.

Ze rende weg.

Zo snel en stil als hij kon.

Hij ging naar de deur en toen hij over zijn schouder keek zag hij de blondine dicht tegen James aan leunen en haar vingers over zijn arm strijken.

Ze zuchtte en schudde haar hoofd terwijl ze haar weg vervolgde.

Het zou niet goed zijn om erover na te denken.

Haar voeten begonnen pijn te doen van haar hielen, dus ze trok ze eraf en stapte van het geplaveide pad af, haar voeten leidden haar naar de oever van de rivier die ze zo goed kende.

Hij doopte zijn voeten in de oever van de rivier en staarde een hele tijd naar het water.

"Wat dacht ik?" Ze mompelde eindelijk.

"Ik zou graag willen weten."

Ze schreeuwde bijna toen ze zich omdraaide.

James stond achter haar, armen gekruist boos en fronsend.

Maar de frons maakte langzaam plaats voor een uitdrukking van verwarring en bezorgdheid.

'Samy, je huilt. Wat is er met je aan de hand?'

Ze keek van hem weg en stak de rivier over naar de andere met gras begroeide oever.

'Dat had ik niet moeten doen. Ik had vanavond niet zo gekleed naar de bar moeten komen. Ik dacht dat ik geen kans had.'

"Samy, waar heb je het in godsnaam over?"

Hij reikte naar haar toe en liet zijn hand op haar schouder vallen.

Ze beefde, ze had het koud.

Hij trok haastig zijn jas uit, gooide die over haar schouders en ging achter haar staan om over haar armen te wrijven.

'Je zag er prachtig uit daar. Ik denk dat ik vergeten was hoe je moest ademen toen je binnenkwam.'

"Ik heb de vrouwen gezien met wie je normaal omgaat. Ik ben niet zoals zij, James. Ik ben niet elegant of super sexy. Ik ben niet blond, lang of langbenig, en ik heb ook geen perfecte lichaam zoals zij. Ik heb. Ik heb.' daarin geen oplossing. Hij wist niet eens wat hij aan het doen was. 'Ze eindigde fluisterend.

'Echt waar? Je had me daarin kunnen misleiden.'

Hij draaide haar om en leunde naar voren, zijn lippen op haar nek drukkend.

Ze huiverde.

"Je lichaam voelde perfect toen je me op deze dansvloer tegen je aan drukte."

Hij stak zijn hand uit, pakte haar borst vast en volgde de omtrek van haar tepel door haar blouse.

Het deed haar een beetje huiveren.

"Ze leken zeker te weten wat ze moesten doen toen we elkaar kusten en duwden."

Hij boog zich over haar heen en dwong haar te gaan liggen tot ze op de grond lag.

'Laat me je laten zien, Samy. Laat me je laten zien dat je meer bent dan je denkt.'

Zijn lippen gleden tegen de hare voordat ze over haar nek glijden en over de dunne blouse die haar borsten bedekte.

Haar adem stokte in haar keel toen zijn lippen de ene tepel vonden en toen de andere en langzaam zoog terwijl ze zich in zijn aanraking boog.

Zijn vingers vonden slim de zoom van haar blouse en begonnen hem langzaam omhoog te trekken, terwijl ze haar huid plaagden toen die werd onthuld.

Hij tilde haar langs haar borsten en hield haar recht boven haar terwijl hij haar rechterborst kuste en van haar huid genoot.

Ze kreunde toen James eindelijk zijn lippen op haar borst legde, de tepel tussen zijn tanden nam en er zachtjes aan trok voordat hij erop zoog.

Ze kreunde nog harder toen zijn hand haar andere borst begon te kneden en zijn hand herhaaldelijk over haar tepel rolde.

"Zie je?" Hij ademde tegen haar huid. "Je bent de perfecte vrouw".

Hij begon haar te kussen op de weg naar beneden, terwijl hij met zijn tong haar navel omcirkelde.

James glimlachte naar haar terwijl hij naar haar rok reikte en in plaats van hem te laten zakken, duwde hij hem omhoog.

Het voorste deel was naar achteren gevouwen en het volgende moment plaatste hij zachte, speelse kussen op haar hete heuvel boven haar slipje.

Ze was al nat.

Hij voelde het door haar slipje terwijl hij zijn neus tegen haar aan wreef.

Ze beefde onder hem en hij streelde zachtjes zijn vingers op en neer terwijl hij zijn tanden gebruikte om haar slipje naar beneden te laten glijden.

Hij kuste haar opnieuw, geen barrière tussen zijn lippen en haar kutje.

Hij begon zijn tong over haar spleet te schuiven en ze kreunde, haar heupen bogen zich wild zodat hij zijn tong diep in haar duwde en over haar clit liet glijden.

Samy kreunde en boog zich tegen zijn tong, plezier stroomde door haar heen terwijl hij zijn tanden tegen haar clit poetste en een vinger in haar liet glijden.

"Ik heb gelogen," ademde hij tegen haar klit. "Ik ben niet alleen vergeten hoe ik moet ademen."

James zoog zachtjes op haar clit en zijn vinger pompte haar spanning in en uit.

'Ik was bijna in mijn broek gekropen om jou als eerste te zien.'

Haar vingers grepen zijn haar en hij glimlachte tegen haar kutje terwijl hij een tweede vinger in haar liet glijden en zijn tong herhaaldelijk over haar clit liet gaan totdat haar lichaam onder zijn mond trilde.

Zijn vingers streelden haar in en uit, wekten haar op en haalden haar lichaam over om te reageren totdat ze zich in evenwicht hield met zijn hand en tong.

'James,' haar stem haperde bijna toen hij in zijn hand draaide. "Alsjeblieft, stop nu niet!"

Zijn woorden kwamen uit op een zachte, samenzweerderige toon, maar het werd al snel luider toen ze het uitschreeuwde van verrukking.

Hij knabbelde zachtjes aan haar klit en nu zoog hij hard op haar en zijn vingers drukten stevig in haar en namen haar climax.

Hij likte gretig hun sappen en toen het trillen van zijn lichaam langzamer ging,

Toen hij klaar was, ging hij over haar heen.

Hij glimlachte en leunde met zijn voorhoofd tegen het hare en liet zijn lichaam tegen het hare strijken als hij in haar ogen keek.

'Ik zei toch dat je net zo goed een vrouw bent als zij, zo niet meer.'

Zijn ogen glinsterden van wat twijfel had kunnen zijn toen hij in James' ogen keek, maar toen liet hij zijn vingers over zijn borst glijden en naar de harde bobbel in zijn broek.

'Heb je het daarom zo moeilijk?

Waarom ben ik een vrouw zoals zij? "

Haar vingers raakten zijn pik op en neer en hij kon het gekreun dat over zijn lippen kwam niet onderdrukken.

Hij had echter geen kans om te antwoorden toen haar lippen de zijne vonden en alle gedachten uit zijn hoofd waren gewist.

Haar vingers gleden naar zijn borst en hij begon behendig zijn overhemd los te knopen.

Hij trok het snel uit zijn broek en duwde het opzij terwijl hij zijn shirt helemaal uittrok.

De knoop van zijn broek scheurde open en de rits gleed bijna vanzelf weg.

Ze trok zijn broek en boxer zover naar beneden dat hij zijn pik losliet, haar kleine hand eromheen sloeg en er langzaam over streelde zodat hij kreunde en zich gretig tegen haar hand drukte.

Hij kreunde van ergernis en stond op, deed in één beweging zijn broek en boxer uit en draaide zich naar haar om.

Ze zat nu op haar knieën en glimlachte naar hem terwijl ze haar hand weer om hem heen sloeg.

Hij boog zich over haar heen, streelde haar langzaam en sloot zijn ogen.

Het volgende moment scheidde hij het echter, terwijl haar lippen zich om zijn pik wikkelden en ze langzaam op en neer bewogen op zijn harde lid.

Hij legde zijn handen op haar achterhoofd en begon ze langzaam in en uit zijn mond te laten glijden. Hij kreunde toen ze hem bij elke beweging zoog.

Het duurde niet lang voordat de lichte slagen snel en kort werden. Samy zoog harder hoe sneller hij zijn hoofd bewoog.

Zijn hand streelde zijn ballen en rolde ze heen en weer terwijl haar mond zich om hem heen klemde.

Toen ze met haar tong op het hoofd van zijn pik speelde, explodeerde het in haar mond.

Ze slikte snel toen hij zijn plons op haar liet zakken en haar mond en keel tegen zijn pik drukte, waardoor hij harder en met meer spuiten klaarkwam totdat hij zichzelf uiteindelijk uitgeput had.

Hij duwde langzaam zijn pik uit zijn mond en liet zijn blik op de grond vallen.

Hij viel voor haar op zijn knieën en legde zijn hand op haar wang.

Ze waren nog maar een stap verwijderd toen James' vinger langs de zijkant van haar gezicht gleed, zijn vinger onder haar kin liet zakken en haar ogen naar de zijne ophief.

"We zijn nog niet klaar."

Zijn stem was zo laag dat de rillingen over haar rug liepen toen ze hem verbaasd aanstaarde.

Hij boog voorover en drukte zijn lippen tegen haar aan om de kus snel te verdiepen.

Toen zijn tong langs haar lippen ging, gleed een hand achter haar en trok haar naar zich toe, zodat ze van vlees tot vlees waren.

Zijn tepels drukten vrolijk tegen zijn borst en zijn nieuwe erectie drukte stevig tegen zijn onderbuik.

Ze bewoog en wreef langzaam haar lichaam tegen hem aan, waardoor hij kreunde toen hun kus koortsig werd.

Hij zette haar terug en duwde haar rok over haar benen.

Hij keek haar lang aan voordat hij zich bewoog.

Hij boog zich weer over haar heen en gaf haar een lichte kus op de buik, net boven haar navel.

Hij glimlachte tegen haar warme huid en begon boven te zoenen, in omgekeerde volgorde van zijn eerdere acties.

Zijn lippen speelden nauwelijks tegen haar borsten voordat ze zich om haar nek nestelden en haar hartslag streelden.

Hij bonsde tussen haar benen, zijn pik drukte tegen haar natte spleet terwijl ze haar benen om zijn middel sloeg en hij zijn armen om haar heen sloeg.

In één snelle beweging zat James met haar op zijn schoot en drukte zijn pik indien mogelijk nog meer tegen haar aan.

Ze kronkelde een beetje en hij kreunde.

Hij kuste haar vlak onder haar oor en trok zachtjes aan haar oorlel.

"Vertel me, Samy, wil je het?"

Zijn adem was heet op haar huid en ze rilde.

"Wil je mijn grote, harde pik in jou begraven?"

Samy's antwoord klonk bijna als een kreun terwijl ze tegen hem aan wreef.

'Ja. Alsjeblieft James, ik wil dit sinds...' maar ze stopte snel, nog steeds blozend op haar wangen, en keek weg.

James had er geen idee van.

Hij dwong zijn blik terug naar de hare en leunde met zijn erectie tegen haar aan.

"Maak af wat je zei."

Ze kreunde en haar nagels drongen een beetje in zijn huid.

'Ik wil dit al sinds ik je heb ontmoet.'

'Dus vertel me hoe graag je het wilt hebben.'

Het was geen verzoek, meer een verzoek terwijl hij met zijn vingers over haar borsten ging en langzaam haar vlees kneedde.

Hij voelde haar warmte uitstralen tegen zijn pik, en hij deed zijn best om hem niet zomaar te woelen en te pakken.

Haar antwoord verraste hem en verbrijzelde de terughoudendheid die hij had gebruikt.

'Ik wil het niet. Ik heb het nodig James.'

Haar ogen waren nu op de zijne gericht en hij kreunde zachtjes tegen haar huid toen ze dichterbij kwam.

"Ik heb het zo hard nodig, ik heb er zo lang over gedroomd. Alsjeblieft. Je moet me neuken."

Dat kon hij haar niet langer weigeren.

Daarna hield hij het niet meer in.

Hij tilde haar op tot de eikel van zijn pik tegen haar opening drukte en liet hem toen snel bovenop haar vallen.

Ze kreunden allebei.

Haar kutje zat zo strak om zijn pik dat toen hij het op en neer begon te bewegen op zijn pik, en zijn harde lengte in haar, het zelfs groter leek te zijn.

Ze kreunde en begon met haar benen op zijn pik te springen.

Haar borsten stuiterden vrijelijk tegen hem aan en haar tepels riepen om hem terwijl hij voorover boog en begon te zuigen.

Ze kreunde en sprong sneller op zijn pik, en duwde zichzelf keer op keer.

Zijn lippen plaagden haar tepels, trekken en zuigen, streelden toen zijn tong over haar en knabbelden terwijl hij stuiterde, kreunend tegen haar huid en vibraties door zijn beten stuurde.

Haar kutje was zo nat dat het vocht over zijn pik liep en hij kreunde toen ze opzettelijk zijn spleet om hem heen kneep, waardoor hij haar meer weerstand bood.

Hij boog ze allebei zodat ze weer op haar rug op het gras lag en begon zijn pik hard in en uit haar te bonzen.

Samy kreunde nog harder, haar nagels krabden haar terug toen een nieuwe krachtige duw haar terug naar haar hoogtepunt bracht.

De strakke kramp rond zijn pik zorgde ervoor dat James ook snel klaarkwam, en hij sloeg nog sneller tegen haar aan en gromde terwijl zijn hete sperma haar vulde tot het langs haar dijen liep.

Hij viel opzij, hijgend.

Toen trok hij haar naar zich toe en drukte zachte kusjes op de zijkant van haar gezicht.

'Nou, zal het vijf jaar duren voordat je dapper genoeg bent om dat nog een keer te doen?'

Hij glimlachte en kuste haar lippen.

'Niet altijd, James.'

Samy glimlachte en streek haar lippen over de zijne.

'Goed, want ik denk niet dat ik langer dan een dag of twee van je af kan blijven.'

Samy's lach echode over het meer en James glimlachte toen hij rechtop ging zitten en haar diep kuste.

Dit zou zeker het begin kunnen zijn van iets heel interessants.

EINDE

www.ingramcontent.com/pod-product-compliance
Lightning Source LLC
Chambersburg PA
CBHW031138160726
47987CB00026B/1439